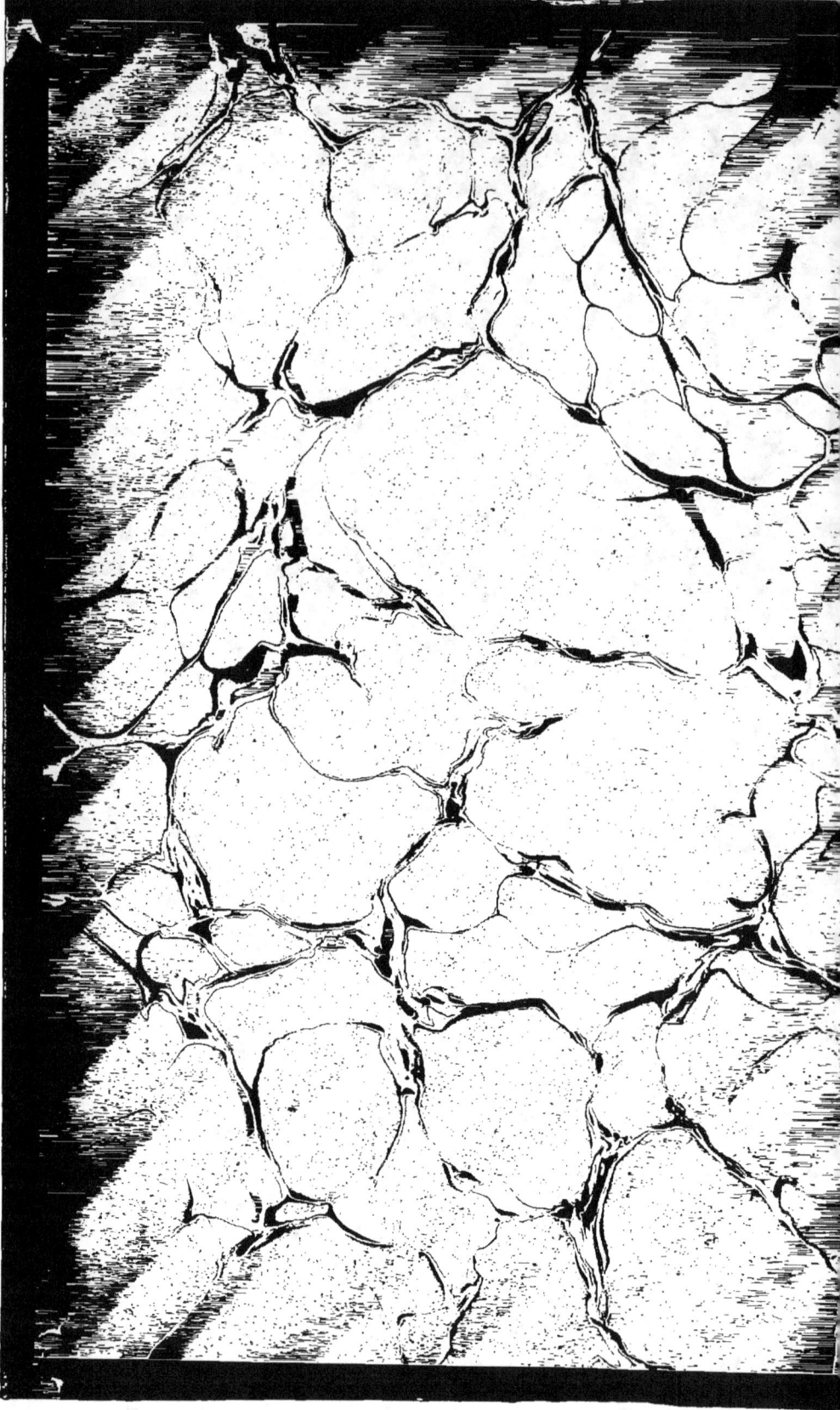

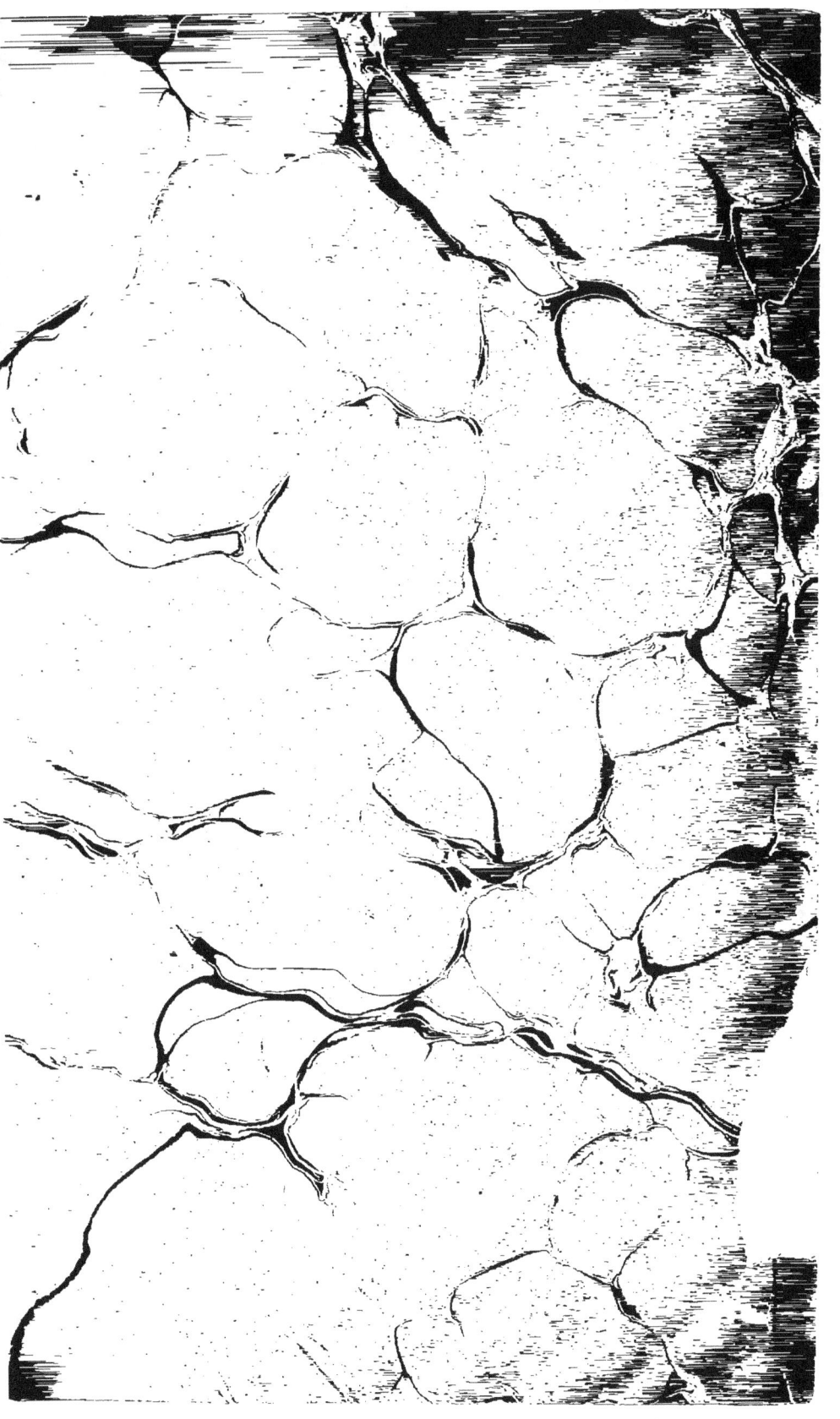

MAURICE DUSEIG

MARCELLE

POËME PARISIEN

ORNÉ DE QUATRE EAUX-FORTES

PARIS

LIBRAIRIE DES BIBLIOPHILES

Rue Saint-Honoré, 338

M DCCC LXXVII

MARCELLE

IL A ÉTÉ TIRÉ :

Soixante-quinze exemplaires numérotés, sur papier
Whatman, avec double épreuve de chaque eau-
forte. Prix. . . . . 10 fr.

Vingt-cinq exemplaires sur papier de Chine.

N° 67.

Florené sc.   Imp A Salmon

MAURICE DUSEIG

MARCELLE

POËME PARISIEN

ORNÉ DE QUATRE EAUX-FORTES

PARIS

LIBRAIRIE DES BIBLIOPHILES

Rue Saint-Honoré, 338

—

M DCCC LXXVII

H Toussaint

...aint del et sc

Imp A Salmon

MARCELLE

CHANT PREMIER

I

Quand je la rencontrai? Ce fut un vendredi,
En juillet, le dix-neuf. Quand je l'aimai? De suite.
Son nom, quel il était? Marcelle. Ma conduite
Fut étrange en tous points; je fus plus que hardi,
Son cœur n'eut pas le temps de songer à la fuite :
Bien vous en prend, souvent, d'agir en étourdi.

II

Agir en étourdi, mais c'est un cas pendable,
Digne de faire aller les gens à Montfaucon;
Alexandre le Grand, pourtant, trancha le câble
A Gordium, et César franchit le Rubicon;
En écoutant la messe, Henri fut un Gascon;
Plus que les deux premiers est-il recommandable?

III

Où j'en fis connaissance? Elle passait un pont,
Le nez au vent, l'air preste, et, de sa main coquette,
Relevait galamment les plis de son jupon,
Bien plus qu'il n'est admis par la prude étiquette;
Je vis son pied, sa jambe..., et la jambe répond
Du reste. En quatre mots : elle fit ma conquête.

IV

Sans y penser, voilà que j'imite Musset.
Plus d'un dira tout bas que je fais un pastiche;
Ce pont, ce pied charmant, c'est bien trop connu... c'est,
Comment dirais-je donc? de la verve postiche.
De Namouna je veux délacer le corset
Pour le mettre à Marcelle. Eh bien oui, je m'en fiche!

V

S'en plaindra qui voudra, mais je trouve un peu fort,
Tandis qu'on fait des ponts pour passer la rivière,
Et qu'il est constaté que la femme a le tort
De montrer de son bas, quelquefois, la lisière,
Qu'il me faille baisser des regards de rosière,
Et fréter un bateau pour gagner l'autre bord.

VI

Et parce qu'un poëte, un jour, eut le caprice
De faire des sixains, je n'aurais pas le droit
De me livrer aussi, pour plaire à ma lectrice,
A ce genre de rhythme, et qu'il y fût adroit,
Je ne devrais tenter de l'être au même endroit?
On le nommait Alfred, je m'appelle Maurice.

VII

Aussi, je suis bien bon de vouloir m'excuser
En citant les auteurs près desquels je m'inspire.
On lit fort peu les vers, il ne faut s'abuser;
Pour Musset et pour nous, tout va de mal en pire,
En ce siècle où la prose avec l'argent conspire,
Où l'art est de savoir à temps réaliser!

VIII

Pourquoi j'écris ceci? Messieurs, c'est pour la femme
Qui bâille, le matin, en s'étirant les bras,
Après une nuit chaste, ainsi qu'en un haras
La cavale hennit au plaisir qui l'affame.
Amoureux rebutés, craintifs, dans l'embarras,
Confiez-lui mes vers, pour vous c'est un *Sésame!*

IX

Elle y verra comment, sans paraître céder,
Sa pudeur à couvert, elle pourra se rendre,
Et de quelle manière elle doit laisser prendre
Ce que sa dignité lui défend d'accorder,
Mais que le jeune Éros ne permet de défendre ;
Ça lui serait, pardieu ! bien trop dur à garder.

X

Les femmes par état sont croqueuses de pommes,
Et, pratiquant d'Éva la fameuse leçon,
Désirent surtout voir si tous, tant que nous sommes,
Nous irons mordre au fruit de la même façon.
Le serpent doit en rire et se moquer des hommes
Qui, charmés par l'appât, sont pris à l'hameçon.

XI

Il en rit, je crois bien. Sur l'arbre de science
Il vint furtif, la nuit, sous les feuilles rampant,
Et le premier d'Éva gagna la confiance.
Le tout est de jouer le rôle du serpent.
J'entends parler bien haut du mot de conscience :
Il est donc parmi vous quelqu'un qui se repent ?

XII

Pour en venir au fait, dès que je vis Marcelle,
Mon cœur fut empoigné ; je ne réfléchis pas
Comment je m'y prendrais pour causer avec elle ;
Derrière ses talons, je suivis pas à pas,
Pareil au loup flairant un agneau pour repas.
« Bah ! me dis-je, en avant ! et vogue la nacelle ! »

XIII

Alors *ex abrupto* : « Vous êtes de Nevers ?
Ce n'est pas une erreur, je crois vous reconnaître. »
J'attendais ce regard qui, tombant de travers,
Semble vous dire : Au large ! en vous envoyant paître.
« Non, Monsieur, me dit-elle ; Épernay me vit naître. »
Le charme était rompu, je narguais l'univers.

XIV

Je narguais le ciel bleu, le soleil et sa flamme,
Le bourgeois hébété qui riait en passant.
Quand un cœur amoureux obtient ce qu'il réclame,
Il est indifférent à la louange, au blâme ;
Elle avait répondu, voilà l'intéressant.
Puis le son de sa voix était si caressant !

XV

La femme qui répond se compromet bien vite,
A moins de se trouver en face d'un benêt
Ne sachant pas comment on doit faire une invite.
Ne soyez seulement malin qu'un tantinet,
En la forçant de lire en vos yeux qu'elle évite,
Et les moulins verront s'envoler son bonnet.

XVI

« Épernay, c'est bien ça que je voulais vous dire ! »
Ajoutai-je aussitôt, sans trop m'intimider.
Mon sort, pour cette fois, allait se décider.
D'un seul mot, d'un seul geste, elle eût pu me proscrire ;
Son regard, au contraire, avait l'air de m'aider,
Je crus même entrevoir sur sa lèvre un sourire.

XVII

Si je fus très-adroit, je ne m'en souviens plus.
Du vin blanc du pays j'avais bien connaissance,
J'ignorais tout le reste ; elle eut la complaisance
De paraître me croire ; et de là je conclus
(Vous direz : O le fat !) que d'assaut je lui plus ;
Ce fut pourtant ainsi : j'ai de la suffisance.

XVIII

Je parlai du beau temps et des grands bois ombreux,
De la campagne en fleur, de la belle nature,
Alléguant qu'en province on est bien plus heureux.
Mon thème en était là, lorsque, par aventure,
Un cocher nous héla du haut de sa voiture,
Semblant nous dire : « Allons ! montez, les amoureux ! »

XIX

Je lui dis d'arrêter. Marcelle, un peu tremblante,
Hésitait, stupéfaite en voyant mon aplomb ;
Pour l'attirer à moi, je pris sa main brûlante,
Et j'ouvris la portière ; ah ! ce ne fut pas long !
Légère, elle sauta dans la chaise roulante.
Le marche-pied d'un fiacre est du ciel l'échelon.

XX

La loge de baignoire est de même, aux théâtres,
Des couples roucoulants le très-discret abri ;
Mais on n'y baisse pas les trois stores bleuâtres
Comme dans un coupé. Je crois que l'on a ri,
Je m'en vais vous gronder, vous êtes trop folâtres,
Car Marcelle, Messieurs, n'est pas la Bovary.

XXI

Pourquoi je les baissai tous les trois ? Je m'explique :
Pour le soleil à gauche, à droite pour le vent.
— C'est très-bien ces deux-là, mais celui du devant ?
L'automédon fumait de façon diabolique,
Et l'odeur du tabac, jusqu'à nous arrivant,
Faisait mal à Marcelle. — Eh ! je crois qu'on réplique ?

XXII

Il eût suffi, Monsieur, de fermer les carreaux.
— Vraiment ! mais on était près de la canicule,
Il fallait respirer, et notre véhicule
Était des plus étroits, fait pour des tourtereaux.
Je ne m'en plaignis pas ; j'eus pourtant un scrupule,
Et me conduisis mieux... que vous, godelureaux !

XXIII

Moi, je n'appartiens pas à cette école infâme
Qui ne fait de l'amour qu'un vil instinct charnel.
O dégradante erreur qui ne voit dans la femme
Que l'instrument passif d'un plaisir criminel !
Les gens pensant ainsi sont sans cœur et sans âme,
Et j'ai pour leur espèce un dégoût personnel.

XXIV

Quoi ! vous faites monter une femme en voiture
Afin de la traiter comme un butin conquis,
Trouvant cela très-simple et de bonne capture !
Pour tout homme d'honneur c'est une forfaiture.
Les brigands ont ces mœurs : sortez-vous des maquis ?
De me mettre en fureur je suis vraiment exquis !

XXV

Je ne vous défends pas de faire de la sorte,
Je blâme, voilà tout ; cependant il m'importe
De ne pas endosser la réputation
De voleur opérant avec effraction ;
Le père de famille, en me fermant sa porte,
Dirait : *Vade retro !* plein d'indignation.

XXVI

J'entends qu'on me répond : « Le père de famille,
Il va, n'en doutez pas, vous confier sa fille.
Il vous faudrait d'abord brûler ce manuscrit,
Où vous ne jouez pas le rôle d'un conscrit. »
Je préfère cent fois, Messieurs, qu'on me fusille :
Un auteur ne doit pas brûler ce qu'il écrit.

XXVII

Avec mes apartés, je délaisse Marcelle,
Je fais de la morale, au lieu de parler d'elle ;
La morale, il est vrai, possède des appas,
De son côté, Marcelle aussi n'en manque pas ;
Si bien qu'entre les deux mon pauvre cœur chancelle.
Tant pis pour la vertu, je reviens sur mes pas.

XXVIII

Je remonte en voiture et reprends mon histoire ;
De même je reprends Marcelle par la main,
Et puis... du bout du doigt je touche la victoire...
Mais je viens d'affirmer d'une façon notoire,
Que je ne suivais pas cet engageant chemin ;
C'est dangereux, pourtant, de remettre à demain.

XXIX

Ainsi qu'un général dans un plan de campagne,
L'amoureux doit changer parfois de mouvement,
Passer par tel vallon, tourner telle montagne,
Sous peine de tout perdre ; attendre le moment
Favorable à l'assaut, et traiter sa compagne
En fort tacticien, bien plutôt qu'en amant.

XXX

Cette comparaison n'est pas tout à fait neuve.
Est-ce donc un motif pour ne pas m'en servir ?
Je pense qu'elle est bonne et me sied à ravir.
Marcelle est un redan se trouvant à l'épreuve
D'un premier feu nourri ; de peur qu'elle s'émeuve
Il faut la ménager, sauf plus tard à sévir.

XXXI

Son portrait, le voici : Petite ; la figure
D'un blanc mat, les yeux noirs, les cheveux blond cendré,
Avec le nez moyen légèrement cambré ;
La bouche très-bien faite, un favorable augure,
Et sur la lèvre un signe indiscret et madré,
Disant : Mon frère est là ! Lavater nous le jure.

XXXII

Sa robe est lilas clair ; son chapeau, tout fleuri
De fins myosotis, lui fait une couronne.
Modiste par état, par la beauté baronne.
Un ruban, d'un bleu pâle et qui m'est favori,
Tombe sur son corsage, et l'air qui l'environne
Semble plus frais, plus pur, quand sa bouche a souri.

XXXIII

Voilà mon héroïne au début du poëme ;
Vous trouvez, n'est-ce pas, qu'il est des plus tentants ?
Son âge, quel est-il ? Ici je vous attends,
Je n'ose l'avouer, demandez-lui vous-même.
« Messieurs, je viens d'avoir seulement dix-sept ans. »
Vous devenez rêveurs. Comprenez si je l'aime !

XXXIV

Le cocher corrompu créa pour les amants
La course au petit pas ; il n'est point nécessaire
De lui dire où l'on va : dans les déserts charmants
D'un Vaugirard quelconque, ou bien de la Glacière,
D'habitude il vous mène, esquissant des romans
Dont le premier chapitre a lieu dans une ornière.

XXXV

Le nôtre était, pour sûr, un prêtre défroqué :
Trés-rougeaud, l'œil paillard, et natif de Gascogne ;
Au vin blanc de l'autel préférant le bourgogne ;
Du reste bon enfant, ayant plus pratiqué
Vénus que ses devoirs ; son cheval efflanqué
Nous conduisit tout droit vers le bois de Boulogne.

XXXVI

Quand le fiacre partit, j'étais silencieux,
M'appuyant sur Marcelle, et guettant au passage
Les soupirs amoureux qui gonflaient son corsage.
Un examen pareil est plus qu'audacieux,
Après avoir juré que l'on resterait sage.
Oh ! ces premiers instants furent délicieux !

XXXVII

Et puis, je crus entendre une musique étrange,
Des tambours qui semblaient pour nous deux battre aux champs,
Une marche guerrière, un bizarre mélange
Des sons mâles du cuivre ét de célestes chants ;
J'oubliai tout, la terre et les hommes méchants ;
En extase ravi, je lui dis : « O mon ange ! »

XXXVIII

Ce concert-là provient, l'avez-vous observé ?
Du cahot de la roue ébranlant le pavé ;
Mais très-facilement notre imaginative
Rend la sensation plus fébrile et plus vive,
Le sang, en affluant dans notre cœur, l'active,
Surtout quand par l'amour le corps est énervé.

XXXIX

Je ne voudrais en rien médire des miracles,
Rire de la Salette et des sacrés oracles,
Du chêne de Dodone ou de l'antique Ammon,
Au salut des croyants opposer des obstacles,
Nier l'écho du ciel, faire le rodomont ;
Jeanne disait : « Mes voix ! » Socrate : « Mon démon ! »

XL

Mais je me crois en droit de soutenir la thèse
Qu'en mainte occasion l'esprit est dirigé
Par les sens, et cela n'est pas un préjugé.
Un exemple entre tous : voyez sainte Thérèse.
La dévote en frémit, fermons la parenthèse ;
Mais par les médecins le cas est bien jugé.

XLI

Je pourrais m'appuyer sur des faits historiques,
En prenant prudemment le soin de déguiser
Par des points, des y, des signes algébriques,
Les mots dont la pudeur veut se formaliser;
Parler, comme Linné, des fleurs polyandriques,
Des pistils, du pollen, feindre d'herboriser.

XLII

Les savants seulement comprendraient ce langage;
Ma lectrice, nenni. — Trop tôt je me flattais;
Dans son dictionnaire, en mouillant chaque page,
Elle cherche du doigt. Cherchez donc!... je me tais.
Je ne sais plus, vraiment, Messieurs, où j'en étais
De ma narration, ni vous non plus, je gage.

XLIII

J'y suis, je lui disais : « Mon ange ! » et mon regard
Devint, en cet instant, probablement fort tendre,
Car je la vis rougir, et je crus même entendre
Un soupir étouffé de ma nouvelle Agar
Qui semblait murmurer : C'est dommage d'attendre...
Je fus, plus qu'Abraham, discret à son égard.

XLIV

Dans un tableau du Louvre, on voit ce patriarche,
Avec un serre-tête et couché dans son lit,
Faisant auprès d'Agar sa première démarche.
Examinant de près tout le corps du délit,
L'impuissante Sarah, qui les voit, ne pâlit;
Sans doute, on avait pris ces mœurs au fond de l'arche.

XLV

Après bien des détours, nous parvînmes au bois;
Il n'était que midi; sur les routes poudreuses,
Seul l'arroseur braquait sa pompe, et, vieux sournois,
Lançait à nos rideaux quelques gouttes peureuses.
En juillet, à midi, voilà l'heure et le mois
Où le bois est propice aux courses amoureuses.

XLVI

Alors, de part et d'autre, eurent lieu les aveux.
Marcelle me disait : « Répondez, je le veux;
Ma conduite est légère avec vous, tout de même !
Et vous me jugez mal? — Oh ! non pas, je vous aime ! »
Et puis elle pleurait, féminin stratagème,
Orage avant-coureur des longs baisers nerveux.

XLVII

La femme sait toujours mettre en relief ses charmes ;
Elle est, même en pleurant, coquette par instinct,
Car de sa joue en fleur le rose et doux satin,
Pudiquement ému, se lustre sous les larmes.
C'est dans cette rosée, en savant libertin,
Que l'Amour a trempé l'acier fin de ses armes.

XLVIII

En la voyant pleurer, je lui dis : « Mon enfant,
Quel est votre chagrin ? — J'en ignore la cause...
Pardonnez-moi, Monsieur... Mais cet air étouffant...
L'émotion... Je crains... C'est une étrange chose...
Qui m'aurait dit hier... » J'écoutais, triomphant,
Ces mots entrecoupés qui voulaient me dire : Ose !

XLIX

Sans demander, j'appris tout le petit roman
De ma chère pleureuse. Elle me dit comment
Elle vint à Paris, quelle fut son enfance.
Son récit n'était pas de ceux qu'on sait d'avance,
Où les femmes, bien haut, parlent pour leur défense
De cousin suborneur ou d'infidèle amant.

2.

L

Pas un seul mot choquant ne sortit de ses lèvres.
Je vous dirai plus loin peut-être son secret,
Oui ; mais, pour le moment, je veux être discret.
Il ne faut à la fois courir après deux lièvres
Et de notre sujet détourner l'intérêt.
En causant nous étions arrivés jusqu'à Sèvres.

LI

La route était déclive, et l'on sentait pencher,
Comme prête à verser, la petite voiture.
Par un prompt mouvement qu'indique la nature,
Marcelle, en s'appuyant à droite, vint toucher
Ma bouche avec la sienne. En cette conjoncture,
Je crus devoir descendre et payai le cocher.

LII

Ce qu'un autre à ma place aurait fait, je m'en doute,
Car verser de la sorte a bien quelques attraits.
Au lieu d'aller au but, moi, j'allonge la route,
Quand par un beau pays j'ai les regards distraits ;
Quand d'un vin parfumé mon verre se veloute,
En vrai dégustateur, je bois à petits traits.

LIII

Marcelle prit mon bras, sans me demander même
Où je la conduisais. Voyez-vous, quand elle aime,
La femme est confiante et pleine d'abandon,
Qu'elle ait une houlette ou porte un diadème,
Qu'on la nomme Chloé, qu'on la nomme Didon.
Moi Daphnis-Énéas, je la mène à Meudon.

LIV

Par des chemins étroits que des murailles blanches
Bordaient, en alternant avec de verts buissons,
Nous marchions lentement. En perlant leurs chansons,
Les oiseaux, pour nous voir, se penchaient sur les branches,
Et les coucous, de loin, répétaient aux pinsons :
« Les femmes, croyez-moi, ne sont pas toujours franches ! »

LV

Je buvais son regard, enivrante liqueur !
Je lui serrais la taille, appuyant sur mon cœur
La main que sous mon bras je tenais prisonnière.
Et puis elle voulut mettre à ma boutonnière
Un liseron tremblant ; et c'était le vainqueur
Que la victime ornait de fleurs, à sa manière.

LVI

L'air en feu rayonnait d'amour et de soleil !
Jamais je n'avais vu le ciel d'un bleu pareil ;
Nous entrâmes au bois ; sous le feuillage sombre,
Il semblait regarder avec des yeux sans nombre,
De Marcelle éclairant le visage vermeil.
« Ma mignonne, lui dis-je, enfin voici de l'ombre... »

LVII

Mais soudain j'aperçus ses traits se contracter.
« Vous souffrez, mon enfant ? — Monsieur, c'est ma bottine
Qui me gêne, dit-elle. — Il faut nous arrêter ;
Et ne pourrais-je pas vous aider à l'ôter ? »
Elle devint plus rouge, et sa lèvre mutine
Avait l'air de blâmer ma phrase libertine.

LVIII

Elle se déchaussa. Ne pouvant plus marcher,
En souriant gaîment, elle s'assit par terre...
Le taillis était sourd, écarté, solitaire...
Elle ferma les yeux... Le reste est un mystère...
Vous devinez, parbleu ! ce que je dus chercher ;
Mais il est des détails qu'il est bon de cacher.

LIX

Le vieux poëte Homère inventait un nuage
Venant très à propos se placer sur l'Ida
Pour masquer Jupiter, et, comme il procéda
D'une habile façon, je suivrai cet usage :
Car il faut être chaste et très-moral, oui-da !
Et savoir de la vigne employer le feuillage.

LX

Frênes, bouleaux, tilleuls, étendez un moment
Vos grands rameaux touffus, qu'une verte dentelle
Tombe en larges festons devant le couple aimant.
Pourtant, je lui disais : « Oh ! je t'aime, ô ma belle !
Prends ma vie et mon sang, prends mon âme, ô Marcelle ! »
Elle ne dit qu'un mot, et ce mot fut : « Maman ! »

A. Lalauze sc.   Imp A Salmon.

CHANT DEUXIÈME

I

O discrets amoureux, fuyant la horde immonde
Des cafards et des sots dont la province abonde,
Qui rêvez, comme Alceste, un endroit écarté
Où d'aimer à son aise on ait la liberté,
Inutile d'aller chercher au bout du monde,
Car tout exprès pour vous Paris fut inventé ;

II

Car pour vous, tout exprès, dans Paris la grand'ville,
On a laissé debout un vieux quartier tranquille,
Dont les hôtels fameux, historiques débris
Des splendeurs d'autrefois, gardent, sous leurs lambris,
L'écho de la chanson du Barbier de Séville
Et des propos galants du roi Ventre-saint-gris !

III

C'était le rendez-vous de la haute élégance,
Et l'on passait par là pour aller chez Ninon,
Déesse philosophe et reine de Jouvence.
Très-érudit lecteur, je suis certain, d'avance,
Que de ce vieux quartier vous prononcez le nom.
— C'est la place Royale ? — Eh !... je ne dis pas non.

IV

Dans un de ces hôtels, sur la gauche, au troisième,
Voyez cette croisée où flotte un blanc rideau ;
Une fillétte l'ouvre, et sur un chrysanthème
Qui meurt dans la gouttière elle verse un peu d'eau,
Puis la voilà qui chante en lissant son bandeau.
Vous la reconnaissez ? C'est la femme que j'aime.

V

Depuis trois mois entiers, Marcelle mes amours
Habite là ; j'y passe et les nuits et les jours.
Que de charmants aveux dans ces heures ailées !
De quels baisers de feu nos nuits sont constellées !
Nos âmes sont si bien l'une à l'autre mêlées
Qu'il me semble aujourd'hui que je l'aimai toujours.

VI

Vous qui n'avez connu que passion vulgaire,
Considérant la femme avec un air moqueur,
Et qui faites l'amour, comme l'on fait la guerre,
Pour dire : J'étais là, je suis sorti vainqueur !
Vous ignorez, bien sûr, les vrais élans du cœur ;
A vos impurs plaisirs ils ne ressemblent guère.

VII

Quand l'amour est sincère, en sa brutalité
Il garde même encore un fond de chasteté,
Car le fait n'est, en lui, que la mortelle preuve
Des purs et saints désirs dont notre âme s'abreuve.
Nos sens n'ont pas, eux seuls, part à la volupté,
Et l'on est aussi tendre après qu'avant l'épreuve.

3

VIII

On pourrait m'objecter que ce grand sentiment
Du véritable amour existe rarement,
Que pour faire jaillir la divine étincelle
Il nous faut à notre âme une autre âme jumelle.
« Vous en parlez fort bien, me dit-on, mais comment
Faisiez-vous, cher poëte, avant d'avoir Marcelle? »

IX

A ces mots indiscrets je ne répondrai point,
Mais puisque le public désire tout connaître,
Je pourrai l'éclairer sur plus d'un autre point;
C'est pourquoi je lui crie, à travers la fenêtre :
« Montez donc l'escalier, cachez-vous dans un coin;
Je veux qu'en mon Éden votre regard pénètre. »

X

Je suis fort obligeant! Pourtant ne craignez rien;
Moi, je ne ferai pas ce que faisait Candaule,
Et d'ailleurs, ô Gygès! Marcelle est aussi bien
Que Nyssia, sa femme, ou que la belle Paule,
Dont Monsieur de Minut se fit l'historien
Dans un récit montant... des pieds jusqu'à l'épaule.

XI

Je voudrais posséder pour un moment ton art,
O peintre, ô doux charmeur, qui peignis *la Gimblette,*
Dont la brosse, en jouant, prenait sur la palette
Des tons nacrés de chair, gracieux Fragonard !
Et pouvoir vous montrer Marcelle à sa toilette,
A vous dont le sourire est par trop goguenard.

XII

Mais ce que l'on peindrait, on ne pourrait le dire
Qu'en risquant de passer pour un franc polisson ;
On dessine la chose et cela sans façon,
Quant au mot qui la nomme on ne le doit écrire :
C'est qu'en littérature il faut un caleçon
Pour voiler des objets dont l'art a droit de rire.

XIII

Les artistes, ainsi, priment les écrivains.
Si nous allons risquer la moindre gaillardise,
Bien vite on nous maltraite. Eux, sous les traits divins
De Cypris, de Bacchus, de nymphes, de sylvains,
Montrent les gens tout nus ; que voulez-vous qu'on dise?
Le nom du pavillon couvre la marchandise.

XIV

L'habileté chez nous tient lieu de pavillon ;
Le style, à mots couverts, peut, adroit papillon,
Se permettre en son vol de délicates choses,
Courtiser galamment des fleurs à peine écloses,
Descendre en leur calice, ou, dans un tourbillon
D'azur et d'or, baiser les frais boutons des roses.

XV

Pendant que je pérore et cherche à professer,
Marcelle auprès de moi tout doucement s'est mise ;
Son regard pénétrant inspecte, anatomise,
Afin de découvrir ce que je dois penser ;
Pour entendre son cœur, moi, je vais l'embrasser
En appuyant ma tête où renfle la chemise.

XVI

Il semblerait qu'on veut redevenir petit,
Pour boire au biberon où la main se blottit ;
L'enfant survit en nous, l'homme a soif de tendresse,
De câlins bégaîments, d'une douce caresse,
Et sa bouche a gardé l'amoureux appétit
Du sein de la nourrice au sein de la maîtresse.

XVII

Que de fois, étant prêts tous les deux à sortir,
Elle ayant son chapeau, se mirant dans la glace,
J'approche à petits pas, et, choisissant ma place,
Je lui donne un baiser que je fais retentir;
Puis, comme par hasard, la robe se délace,
Et le soir est venu sans qu'on ait pu partir.

XVIII

Que de fois, accoudés tous deux à la fenêtre,
Pendant la sombre nuit, et contemplant les cieux,
Pensive, elle me dit : « Quelle loi fit donc naître
Ces astres si brillants? » Pour lui démontrer mieux,
Dans un baiser brûlant, je la lui fais connaître :
Alors comme une étoile étincellent ses yeux.

XIX

Que de fois, le matin, quand l'aurore s'éveille,
Et qu'un rayon rosé tout chargé de vapeur
Éclaire en tremblotant Marcelle qui sommeille,
Je l'entends soupirer d'amour. Sans avoir peur
D'être moins idéal que son rêve trompeur,
Je cherche à recréer les baisers de la veille.

3.

XX

La vie est pour nous deux une tendre chanson,
Dont l'éternel refrain, plein d'énervantes fièvres,
Résonne harmonieux quand nous choquons nos lèvres ;
Marcelle et moi chantons ensemble à l'unisson,
Depuis le jour charmant où l'amoureux frisson
Vint envahir nos cœurs, sur la route de Sèvres.

XXI

Nous ne parlons jamais de nos chagrins passés,
Car de ce moment-là date notre existence ;
Les autres jours pour moi paraissent effacés ;
Les maux qu'on a soufferts, lorsqu'ils sont à distance,
Et que l'on est heureux, ont bien peu d'importance ;
Le présent nous sourit, je l'aime et c'est assez.

XXII

Pourtant un certain soir, au déclin de septembre,
Nous revenions des champs, les mains pleines de fleurs
Où l'Automne et l'Été mélangeaient leurs couleurs ;
Il s'en évaporait comme un chaud parfum d'ambre
Qui montait au cerveau. Sitôt dans notre chambre,
Je voulus... Mais alors je la vis fondre en pleurs.

XXIII

La femme est variable ainsi que l'atmosphère,
Changeant avec le ciel, ou suivant la saison :
Elle rit sans motif et pleure sans raison ;
Sa nature est ainsi, que voulez-vous y faire?
Pouvez-vous dans sa course arrêter notre sphère,
Ou conjurer l'orage au fond de l'horizon?

XXIV

Mais ses pleurs, maintes fois, ne sont rien qu'une averse :
Il suffit qu'un rayon de gai soleil traverse
Les grands nuages gris qui courent effarés,
Pour rendre aux cieux l'azur et l'émeraude aux prés.
Dans mes bras je tenais Marcelle à la renverse,
Guettant de son regard les feux enamourés.

XXV

Se dégageant soudain de mon bras qui l'enserre,
Comme fait un lutteur avec son adversaire :
« Non, pas ce soir, ami ! Soyons sages ; demain...
Ah ! c'est que, me dit-elle en repoussant ma main,
Le voici revenu le triste anniversaire
Du jour où se noya le malheureux Germain !

XXVI

« C'était un pâle enfant sans famille et difforme,
Que par pitié, chez nous, mes parents avaient pris.
Quand il mourut, alors seulement je compris
Ce qu'il disait souvent : « C'est la mort qui transforme,
« Et fait droit les bossus ; qu'elle vienne et m'endorme,
« Je la verrai venir sans en être surpris. »

XXVII

« Les êtres contrefaits ont la physionomie
Intelligente et fière et pleine de douceur ;
Ainsi l'avait Germain ; mais sa lèvre blêmie
D'un sort fatal portait le signe précurseur.
« Promets, ajoutait-il, ô ma petite sœur,
« Que ta main fermera ma paupière endormie. »

XXVIII

« Comment s'est-il noyé ? je n'ai pu le savoir.
Dans le ru qui murmure, à l'ombre des vieux aulnes,
A l'endroit où l'eau tourne en décrivant des zones
Et de moire et d'argent, tout auprès du lavoir,
On retrouva son corps sous les nénuphars jaunes ;
Il avait leur couleur ; je crois encor le voir ! »

XXIX

Dans l'esprit de Marcelle aussitôt se rassemble
Tout son passé d'enfant; toute sa parenté
Se groupe autour du fait qu'elle m'a raconté.
« Je vous donnai déjà ces détails, il me semble,
Dit-elle en soupirant, quand nous fûmes ensemble
Rapprochés par l'amour, le hasard et l'été. »

XXX

Nous étions en voiture, et pendant cette course
D'un plus grave intérêt j'étais préoccupé.
Quand on cherche le gué dont un fleuve est coupé,
Est-ce bien le moment de songer à la source?
Et quand avec de l'or on va remplir sa bourse,
Faut-il s'inquiéter du coin qui l'a frappé?

XXXI

Que me faisaient, à moi, ses parents, sa famille?
« De son récit, pourtant, me disais-je, il ressort
Qu'elle fut douce et bonne autant qu'honnête fille. »
Je me félicitai moi-même de mon sort,
Bien certain que l'oiseau, sous la verte charmille,
N'avait pas essayé de prendre son essor.

XXXII

J'avais, en égoïste, écouté l'anecdote
Ayant trait à Germain, et ces détails touchants
Me firent dire alors : « Quel fameux antidote
Que l'aspect d'un bossu, pour les mauvais penchants
D'une fille! Eh! pardieu! c'est le Ciel qui me dote,
Car l'oiseau, d'habitude, aime à courir les champs. »

XXXIII

A d'étranges effets ma nature est sujette,
Et ce que j'écoutais jadis avec plaisir,
Aujourd'hui m'horripile, et mon plus grand désir
Est de voir un Lycurgue ordonnant que l'on jette
Impitoyablement, sans broncher, sans choisir,
Tous les petits bossus sur un nouveau Taygète.

XXXIV

« Que m'importe, après tout, sa chaste affection
Pour cet enfant difforme ; aux baisers de ma bouche
La voilà qui résiste, et quand ma passion
Veut tenter le triomphe et que bientôt j'y touche,
J'aperçois se dresser, morne apparition,
Le fantôme du gnome en travers de ma couche. »

XXXV

Tels étaient les pensers qui troublaient mon cerveau ;
Je gagnai la fenêtre, en voyant de nouveau
Marcelle à sa douleur donner libre carrière ;
Et puis je l'entendis murmurer en arrière :
Elle était à genoux, disant une prière,
Et les deux bras croisés, avec un air dévot.

XXXVI

Je la vis, l'œil fixé sur la naïve image
De sa sainte patronne, estampe d'Épinal
Aux tons criards ; elle est au milieu d'un nuage,
Sur un ciel bleu de Prusse, avec un air banal.
Sainte est l'intention, mais le goût infernal.
Pour un esprit croyant en faut-il davantage ?

XXXVII

Au bas de cette image, en lettres de carmin,
On lisait ces cinq mots : « Soyez en tout comme elle ! »
Moi, je dois avouer qu'un si triste modèle
Ne m'ouvrirait jamais du salut le chemin ;
Mais j'ai su que c'était un présent de Germain :
« Précieux souvenir pour une âme fidèle ! »

XXXVIII

« Tais-toi donc un instant, ô sceptique ! ô railleur !
Regarde-la prier ; sa prière est fervente.
Laisse ton ironie inflexible et savante ;
Les morts sont morts, dis-tu ? Silence, fossoyeur !
Ah ! je te sens ému, car je te sais meilleur ;
De rester insensible en vain ton cœur se vante ! »

XXXIX

Tout se tait dans sa chambre ; elle se met au lit.
Moi, j'inspecte les cieux en fumant un cigare,
Dont la blanche fumée en spirales s'égare.
Le calme dans la rue aussi se rétablit,
On n'entend qu'un sifflet d'une lointaine gare,
Et de sanglots amers mon gosier se remplit.

XL

« Quel est ce feu nouveau que je sens en moi-même,
Poignante volupté dont je voudrais mourir ?
Je souffre, et cependant suis heureux de souffrir ;
Comment donc l'expliquer cet étrange dilemme ?
Cet anormal secret, comment le découvrir ?
Je dois me l'avouer, je suis jaloux, donc j'aime.

XLI

« Jaloux, je suis jaloux ! mais en ai-je le droit ?
Un ténébreux soupçon serait un sacrilége ;
Marcelle me l'a dit et ma raison le croit,
Le premier de son cœur j'obtins le privilége,
Doux espoir qui berçait mon esprit au collége,
Quand j'invoquais l'amour, la nuit, dans mon lit froid.

XLII

« Je rêvais longuement, je me formais un être
Ayant son doux regard, ayant ses blonds cheveux ;
A sa lèvre si tendre aspiraient tous mes vœux,
Et puis j'étais jaloux, je me disais : Peut-être
Un autre est auprès d'elle et lui fait des aveux ;
Car je l'aimais déjà, pourtant sans la connaître.

XLIII

« L'amour n'en est pas moins, s'il n'est pas satisfait ;
Ce n'est pas seulement un contact d'épidermes ;
Chamfort avec la cause a confondu l'effet,
Sa seule fantaisie intervertit les termes ;
Comme à l'être créé préexistent les germes,
Le principe d'amour existe avant le fait.

4

XLIV

« C'est l'amour idéal... mais ce n'est rien qu'un rêve,
Et pour toujours rêver notre vie est trop brève;
Il nous faut donc chercher à le réaliser,
Plutôt que de vouloir à fond l'analyser.
La Nature a pour but de propager la séve,
L'Idéal a pour but d'engendrer le baiser. »

XLV

« Elle est là, tu pourrais... N'hésite pas! courage! »
Me conseillaient tout bas les désirs de la chair.
« Je pourrais!... Oh! mais non! ce serait un outrage! »
La fièvre était partout, dans mes sens et dans l'air;
Alors au ciel plus sombre apparut un éclair,
Flamboyant messager d'un grandiose orage.

XLVI

Le lit s'illumina d'un bleuâtre reflet,
Sur la blancheur des draps je vis ma bien-aimée,
Les yeux à demi clos, plus qu'à moitié pâmée;
Son corps sans aucun voile à moi se révélait,
Il me sembla revoir le motif d'un camée
Antique, ou bien encor l'Antiope au complet.

XLVII

Trop vif était l'attrait, la coupe était trop pleine !
Ah ! si vous aviez vu, vous n'auriez pas dit non.
J'approchai doucement, comme eût fait un phalène,
Anxieux, l'œil ardent, retenant mon haleine,
Quand la foudre éclata, comme un coup de canon...
Marcelle, en s'éveillant, m'appelait par mon nom.

XLVIII

Pudique, elle masquait à mon regard profane
Le paradis d'amour un instant entr'ouvert.
Moins prompte à se cacher fut la blanche Diane,
Quand Actéon parut au fond du taillis vert ;
Moins vive à se vêtir fut la chaste Suzanne,
Voyant de son bain froid le secret découvert.

XLIX

O coquette pudeur ! les contours de sa hanche
Se modelaient encor dessous la toile blanche,
Et les draps accusaient, en plis capricieux,
Les formes qu'elle aurait voulu cacher le mieux.
Alors j'aurais bien pu reprendre ma revanche,
Car elle était tremblante et se voilait les yeux.

L

Des sentiments du cœur métamorphose étrange !
Subit apaisement des sens et du désir !
Je délaissais le fruit que je pouvais saisir,
Et sur son front brûlant lui donnais, en échange,
Un baiser non moins pur que le baiser d'un ange...
Je n'éprouvai jamais de plus chaste plaisir.

LI

Je m'assis près du lit et dormis sur ma chaise,
Appuyant seulement ma tête au traversin ;
Pour dormir de la sorte on n'est pas très à l'aise ;
Ne vous figurez pas que la mode m'en plaise,
Et si je le faisais ce n'était qu'à dessein...
L'aube me retrouva la tête sur son sein.

LII

Ce ne fut qu'un nuage en notre vie intime ;
Depuis lors, nous vivons tous deux pleins de gaîté ;
Marcelle, devant moi, n'a jamais répété
Le nom de ce Germain, et franchement j'estime
Que l'union des cœurs est seule légitime ;
Les autres n'ont qu'un but : Fortune ou Vanité.

LIII

Quand je dois m'absenter, ne serait-ce qu'une heure,
Avant que je m'en aille, elle me fait asseoir,
Et me dit tendrement, de sa voix la meilleure,
En balançant ma montre ainsi qu'un encensoir :
« Ah ! si tu n'allais pas me revenir ce soir ! »
Je m'enfuis lestement, et pour cause majeure.

LIV

Elle m'a dit aussi, ce matin, en causant :
« Ce dîner d'aujourd'hui, ce n'est pas un mensonge?
C'est bien chez tes parents?... Ah ! vois-tu, quand j'y songe,
Je sens que je deviens très-jalouse à présent !
Un dîner de garçons, ça doit être amusant,
On chante, on rit, on boit, et puis... ça se prolonge... »

LV

Il a fallu donner ma parole à genoux.
Voilà ce que la femme a pourtant fait de nous,
Et ce n'est qu'un oiseau qui caquette et babille ;
Oui, nous disons cela, mais nous en sommes fous.
J'y pense, il serait temps, enfin, que je m'habille :
Oh ! que c'est ennuyeux les dîners de famille !

4.

LVI

Ainsi vous comprendrez que je ne dise pas
Quel en est le menu; laissons donc la vaisselle;
Nous voici parvenus à la fin du repas.
Je me sauve joyeux, et je hâte le pas,
C'est qu'on a redoré ma piteuse escarcelle;
Je m'en vais acheter une bague à Marcelle.

LVII

«Marcelle, oh! que je t'aime! et qu'en mon cœur aimant,
De jour en jour, pour toi l'affection pénètre!
Que je vais t'embrasser! Mais pourquoi la fenêtre
Est-elle sans lumière? Affreux pressentiment!
Quelle horrible terreur envahit tout mon être!
Si par hasard?... mais non! mais je suis fou, vraiment! »

LVIII

Devant notre maison, comme un aréopage,
Chuchotent réunis tous les gens du quartier.
Je monte quatre à quatre, et ne puis, en entier,
Vous dire ma stupeur : c'est la dernière page
De ton roman fameux, Théophile Gautier!
Rosalinde, aujourd'hui, se sauve en équipage!

LIX

« Marcelle m'a quitté ! Terre, ciel, Océan,
Déchaînez vos fureurs livides sur ma tête !
Prends-moi dans ton linceul, infernale tempête !
O malheur ! étreins-moi dans tes bras de géant ;
Rejette-moi brisé dans l'immense néant :
A ne plus exister mon âme est toute prête.

LX

« La vie est donc finie entre nous désormais !
De bonheur et d'amour tant d'heures écoulées,
Malgré tous mes soupirs, ne renaîtront jamais...
Nous n'irons plus, Meudon ! dans tes vertes allées ;
Je ne te verrai plus, doux regard que j'aimais !
Vers quels nids fuyez-vous, ivresses envolées ?... »

CHANT III.

H. Toussaint del et sc.   Imp. A. Salmon

CHANT TROISIÈME

I

« Un voile de brouillard couvre les horizons... »
— Je vous dois avertir que je raconte un songe,
Et qu'on est en hiver. En dépit des saisons,
Il fait beau dans mon rêve et l'été s'y prolonge.
On répondra peut-être : Un songe est un mensonge,
Et ce n'est plus de mode. — Ah! les belles raisons!

II

Parions que l'on dit : Mais c'est de la folie !
N'avons-nous pas assez du songe d'Athalie,
Pourquoi toujours sortir de la réalité ?
— Vains discours d'impuissants ! pensez-vous qu'on oublie
Dante, Shakspeare et Gœthe, et qu'on ne soit tenté
De suivre ces rêveurs au pays enchanté ?

III

Quelle est donc, pensez-vous, la plus grande démence,
De vivre ou de rêver? Pendant notre sommeil,
L'esprit peut voyager, maître d'un monde immense ;
Les désillusions l'attendent au réveil,
Et la vie a plus d'ombre encor que de soleil !
Vous êtes convaincus, c'est fait ? Je recommence.

IV

« Un voile de brouillard couvre les horizons,
Le jour pàle se lève, et la rosée humide
Emperle de cristal le velours des gazons.
Une blanche déesse, à la blanche chlamyde,
Passe, vivante fleur, parmi les floraisons;
Suis-je donc aux jardins d'Hespérus ou d'Armide?

V

« Elle passe en riant, parmi les églantiers ;
Moins rose est leur éclat que celui de sa joue ;
Dans ses grands cheveux blonds l'or du soleil se joue ;
Pour lui faire un tapis, tout le long des sentiers,
La brise du matin, devant Elle, secoue
Les fleurs de l'aubépine et des arbres fruitiers.

VI

« Elle passe en chantant ; les frêles demoiselles,
Aux doux sons de sa voix, dansent sur les roseaux ;
Dans la mousse des nids s'éveillent les oiseaux
Qui gazouillent gaîment, en s'étirant les ailes,
Et, pour l'apercevoir, les cerfs et les gazelles
Approchent à pas lents et tendent leurs naseaux.

VII

« Du brouillard disparaît l'épaisse mousseline,
L'azur et le saphir resplendissent aux cieux,
Et des tons de turquoise estompent la colline.
Dans les myosotis la blonde enfant des dieux
Se couche, en affectant une pose féline,
Et mélange aux bluets les bluets de ses yeux.

VIII

« La voilà qui s'endort, la chlamyde entr'ouverte,
Ajoutant des joyaux dans l'écrin parfumé
Que l'orfévre Printemps étale au mois de mai ;
L'abeille qui butine en fait la découverte,
Et demande pourquoi la nature a semé
Ces deux rubis jumeaux au fond de l'herbe verte.

IX

« Et puis voici venir l'essaim des papillons,
Ces Don Juan poudrés d'or ; il joue et se balance
Sur la dormeuse blanche, ivre de nonchalance ;
Les prés sont pleins d'amour, de soleil, de silence ;
On entend seulement le tic-tac des grillons
Courtisant la cigale à l'ombre des sillons.

X

« Mais les belles de jour referment leurs corolles,
Des lueurs d'incendie embrasent la forêt,
La cime des sapins s'entoure d'auréoles,
Vermeil devient le lac, de pourpre le guéret,
Et du ciel pavoisé de rouges banderolles,
Triomphateur mourant, le soleil disparaît.

XI

« C'est l'instant où du soir l'étoile solitaire,
Comme un fanal d'amour, scintille au firmament.
La dormeuse se lève, avance avec mystère
Sur les rives du lac ; elle fait lentement
Retomber à ses pieds son dernier vêtement :
Sa beauté qui rayonne illumine la terre.

XII

« Quelle étrange clarté ! d'électriques reflets
Brodent les eaux d'argent, le feuillage étincelle !
Est-ce Titania, Mélusine ou Giselle?
Elle entraîne à sa suite elfes et feux follets;
Mais un gnome surgit, disperse leurs ballets;
Il lui donne un baiser...Qu'ai-je vu?.. C'est Marcelle ! »

XIII

En sursaut je m'éveille. — « O mon trop cher passé !
Pourquoi vers toi, la nuit, sans cesse retourné-je ?
Faut-il, ò souvenir! que mon esprit lassé
Ait le sort du cheval aveugle en son manége ? »
Ma tête était en feu, mon cœur était glacé,
Et les toits des maisons étaient couverts de neige.

XIV

Sept heures du matin sonnaient, et le ciel gris
D'une vague tristesse enveloppait Paris;
Le trottoir était blanc, la rue inanimée,
On voyait seulement voler de la fumée
Mélancoliquement... Aucuns pas, aucuns cris...
Mais moi je soupirais après la femme aimée.

XV

« Où chercher le repos? Si j'allais à Meudon?
Là, dans le fond des bois tout pailletés de givre,
Oubliant et ma peine et son lâche abandon,
Je reverrais la place où j'obtins mon pardon
Et ce tendre baiser dont ma lèvre fut ivre;
Avec mes souvenirs je me sentirais vivre! »

XVI

On était à la fin du mois de février,
Le dix-neuf, justement, dans le calendrier;
En voyant cette date et l'image enfantine
Devant laquelle, un soir, je l'entendis prier,
Je sortis; il semblait que sa voix argentine
Me redisait encor : « Monsieur, c'est ma bottine... »

XVII

Quand je fus dans les bois, je cherchai le chemin
Par lequel nous allions en nous tenant la main ;
Lentement je marchais, comme une bête fauve,
Content d'être bien seul, loin de tout être humain.
La neige ayant poudré des arbres le front chauve,
Je fus long à trouver notre amoureuse alcôve.

XVIII

« C'est là ! oui, c'est bien là ! Mais la nature en deuil
A l'air d'un cimetière, et la neige qui tombe
D'un blanc drap funéraire abritant un cercueil :
Amour, beauté, jeunesse, à la fois tout succombe !
Où fut un nid joyeux, je retrouve une tombe,
Le corbeau noir croasse où chantait le bouvreuil !

XIX

« Pourquoi tremblé-je donc ? Si Marcelle était morte ?...
Sans nous être revus !... Ne jamais la revoir ?...
C'est un supplice affreux de douter de la sorte,
Et, dans ce moment-ci, j'aimerais mieux savoir
Que, riant de mes pleurs, elle entr'ouvre la porte
A son nouvel amant, qu'elle est en son pouvoir !...

XX

« Ah ! comment accepter qu'un rival soit son maître,
Qu'il la tienne en ses bras ! Ce choix est révoltant !
Elle vivrait du moins, et je pourrais peut-être
En passant, quelque jour, la voir à sa fenêtre ;
Que je serais heureux ! seulement un instant,
De loin... sans lui parler... C'est que je l'aime tant !

XXI

« Mais si je me trouvais moi-même à l'agonie,
Tu viendrais, n'est-ce pas ? pour les derniers adieux,
Chère ingrate ! » — Un frisson de tendresse infinie
Parcourait tous mes sens, et je fermai les yeux,
En répétant son nom comme une litanie.
La nuit vint, je sortis des bois silencieux.

XXII

Je rentrai dans Paris fort tard. Il était l'heure
Où l'on voit les amants regagner leur demeure,
Au sortir du théâtre ; ils vont, sans se presser,
Se penchant l'un sur l'autre, afin de s'embrasser ;
Me souvenant alors d'une époque meilleure,
Je souris tristement en les voyant passer.

XXIII

« Dès qu'ils seront chez eux, sitôt la porte close,
Avant même d'avoir allumé les flambeaux,
Mettant des préjugés le vieux code en lambeaux,
De leur galant contrat ils rempliront la clause,
Et les Amours nichés sous leur édredon rose,
Du lit voluptueux fermeront les rideaux. »

XXIV

De mon bonheur défunt je revoyais la scène :
Marcelle de ses bras me faisant un collier,
Quand tous deux, à tâtons, nous montions l'escalier.
Insensé, tressaillant d'une fièvre malsaine,
Je courus sur un pont et regardai la Seine
Couler, lugubre et morne, au flanc noir d'un pilier.

XXV

Était-ce du vertige, ou bien de la folie ?
Vers l'éternel oubli le fleuve m'appelait ;
De tous les morts d'amour la cohorte pâlie,
Sous les arches des ponts, devant moi défilait…
« Les rôles sont changés, me dis-je, et c'est Hamlet
Qui se noie aujourd'hui pour l'ingrate Ophélie. »

5.

XXVI

Je les connus alors, ces heures de combat
Où deux êtres en nous, pleins d'une ardeur étrange,
Luttent mystiquement comme Jacob et l'Ange,
Où l'esprit se révolte, où l'instinct se débat.
D'angoisse et de terreur c'est l'infernal mélange
Qui faisait trembler Faust dans la nuit du sabbat.

XXVII

L'instinct fut le plus fort en ce duel occulte;
Du fleuve tentateur je fus donc écarté;
Non parce qu'on m'aurait taxé de lâcheté,
Ou parce que j'ai peur des menaces du culte:
Quand on est mort on est peu sensible à l'insulte,
Et l'Enfer, de nos jours, est plus que contesté.

XXVIII

Ce qui me rattacha surtout à cette vie,
Fut la grande Nature aux vastes horizons,
La Poésie et l'Art, les joyeuses saisons
De fleurs et de soleil, et peut-être l'envie
Que j'avais de revoir, malgré ses trahisons,
La charmeuse par qui mon âme fut ravie.

XXIX

« La fièvre est bien finie ; à présent, j'en suis sûr,
Jamais le désespoir sur moi n'aura de prise ;
Mon cœur s'épanouit à l'amour calme et pur ;
Enivré des parfums de l'idéale brise,
Je m'élance plus haut que la dernière frise
Du temple au fronton d'or qui se perd dans l'azur,

XXX

« Plus haut que les soleils, plus loin que la pensée,
Vers l'inconnu sans fin qui s'agrandit toujours ;
Et là, dans le repos où mon âme est bercée,
Je n'entends plus la voix des mortelles amours ;
La douleur disparaît, la terre est effacée ;
Enfin, j'ai donc trouvé les bienheureux séjours !

XXXI

« La femme que j'aimais, pour qui je pleurais, celle
Dont le nom m'est si doux, Marcelle, ô ma Marcelle !
M'apparaît, blanche muse, aux regards ingénus,
Dans un nimbe formé d'enfantelets tout nus ;
Et je découvre aussi qu'en mon cœur je recèle
De chaste volupté des trésors inconnus. »

XXXII

Ce transport de lyrisme où l'âme est exaltée
Est l'ordinaire effet de l'amour qui s'éteint.
Nouveau Pygmalion, au sublime on atteint ;
Mais l'œuvre est idéale, et, fût-on Prométhée,
On n'animerait pas cette autre Galathée.
Ce n'est qu'une chimère, en somme, qu'on étreint.

XXXIII

Soit, mais on voudrait vivre avec cette chimère,
Cet oiseau bleu du rêve aux yeux de diamant;
On voudrait se leurrer; jouissance éphémère !
Il faut bien, quelque jour, avouer qu'on se ment,
Que le poëte en nous a remplacé l'amant,
Que notre amour est mort et l'existence amère.

XXXIV

Durant de bien longs mois, je subis le destin
De vivre sans désir, comme sans espérance.
Chaque jour se passait avec indifférence ;
J'étais triste le soir et triste le matin,
Et l'immuable ennui, plus dur que la souffrance
Ne s'égayait jamais d'un sourire lointain.

XXXV

J'allais dans les recoins ignorés de la ville,
Sur les bords de la Bièvre, ou bien à Belleville ;
De ces quartiers déserts je me sentais épris,
Heureux de découvrir, autre Dumont d'Urville,
Un monde encor nouveau dans le nouveau Paris ;
Mais, en juin, arriva le grand jour du grand prix :

XXXVI

Le jour le plus vivant qu'on trouve dans l'année,
Où fiacres, breaks, landaus, voitures pour galas,
Mènent jusqu'à Longchamp, pimpante et pomponnée,
La plèbe des Laïs aux voyants falbalas.
De m'isoler sans cesse, enfin, me trouvant las,
Je suivis cette foule au plaisir entraînée.

XXXVII

Renfonçant dans mon cœur mes dégoûts, mes dédains,
Je regardais, naïf, passer chaque équipage,
Les femmes, les chevaux, les cochers, les gandins ;
Je m'enivrais, aussi, des cris et du tapage
Qui partaient en grondant du turf et des gradins,
Quand le vainqueur passait devant l'aréopage.

XXXVIII

Hip ! hip ! hourra ! Thisbé, Marasquin, Fritz, Vert-Vert !
Le jockey n'en peut plus, pantelant, sur sa selle ;
La joie est à son comble, et sur le gazon vert,
Sur le public hurlant, le chaud soleil ruisselle.
Mais, debout dans ce break, qu'ai-je donc découvert ?
Je ne me trompe pas, mais oui, c'est bien Marcelle !

XXXIX

Interdit, j'hésitais... Un homme l'appela
Par son nom travesti, le nom de Marcella.
En lui je reconnus un de ces gens de Bourse,
Chassés de la coulisse et n'ayant pour ressource
Que les trafics véreux qu'ils font au champ de course.
On ne se bat jamais avec ces messieurs-là.

XL

« Quoi! c'est lui mon rival, cet être chauve et louche,
Ce mal bâti vulgaire, au ton de paltoquet,
Robert Macaire en noir, doublé de Bilboquet ;
Il lui dit *tu*, l'embrasse, et de ses mains la touche ;
C'est pour lui cette robe et ce ruban coquet,
Et sa bouche se pose où se posait ma bouche ! »

XLI

Anxieux, j'épiais le moindre mouvement
De ma chère Marcelle, éprouvant la torture
De la voir s'appuyer au bras de son amant
Comme jadis au mien. O perfide nature !
Que ne me donnais-tu le pouvoir d'un aimant,
Elle fût descendue, alors, de la voiture.

XLII

Je n'osais même plus affronter ce regard
Où le mien se mirait ; mais soudain, par hasard,
J'aperçus à mes pieds, couché sur la pelouse,
Un gamin de treize ans, bossu, pâlot, en blouse,
Qui vendait des bouquets... Je le pris à l'écart,
Trouvant une vengeance en mon âme jalouse.

XLIII

Un essaim pommadé d'Adonis à lorgnon,
Pour lesquels l'existence est une caravane,
Papillonne auprès d'elle en fumant le havane,
Et l'autre les regarde avec un air grognon.
Le plus jeune d'entre eux, Col-cassé, se pavane ;
Il lui lance un œillet qu'elle fixe au chignon.

XLIV

Enfin mon messager timidement s'approche :
« Prenez ces fleurs, dit-il, de la part de Germain ! »
L'œillet fut rejeté ; Marcelle par la main
Saisit l'enfant difforme, et, fouillant à sa poche,
Mit l'or de ses paris dans les doigts du gamin.
Comprenait-elle alors mon sévère reproche ?

XLV

« Merci pour ce bouquet. Tout est pour toi. Voilà ! »
Fit-elle tendrement ; et, pleurant avec joie,
Elle attira l'enfant sur sa robe de soie,
De ses fiévreux baisers quelque temps l'accabla.
« C'est comme une panthère haletant sur sa proie ;
Elle est folle, dit-on, la belle Marcella ! »

XLVI

Col-cassé répétait : « Quelle étrange toquade
Elle a pour les bossus et les mômes morveux ! »
Le break, quittant le turf, tourna vers la cascade ;
Je le vis entouré par une cavalcade.
Il disparut... Et moi, dans un élan nerveux :
« Elle a pleuré, pensai-je, et j'ai ce que je veux ! »

XLVII

Je me vantais par trop : ma petite vengeance,
Avec tout son esprit, manquait d'intelligence ;
Fallait-il me servir de ce jeune vaurien,
Parler du nom d'un autre à la place du mien ?
On n'était pas si gauche au temps de la Régence ;
On allait droit au but, et comme on faisait bien !

XLVIII

Morbleu ! dans ce temps-là, pour enlever les filles,
On tuait les valets et l'on forçait les grilles ;
On était gai, viveur, poudré, musqué, galant !
Aujourd'hui don Quichotte a remplacé Roland,
Et les enfants du siècle abattent les Bastilles ;
Mais de faire la cour ils n'ont plus le talent.

XLIX

De nos jours, l'amoureux prend l'état de poëte ;
Il roucoule, en trois chants, des strophes de six vers,
Se met la mort dans l'âme et l'esprit à l'envers.
Quand il a mal rimé, qu'il a mal à la tête,
Il s'aperçoit enfin que tout va de travers,
Et que mieux eût valu faire une autre conquête.

L

Ce que j'en dis ici ne m'est point personnel.
Je vous dois raconter la fin de cette histoire,
Et n'y veux rien changer ; mais c'est chose notoire
Que toujours au dessert on devient solennel,
Je trouve encor de l'encre au fond de l'écritoire
Pour inscrire ces mots : *L'amour est éternel.*

LI

Jugez-en par vous-même, et que grand bien vous fasse !
En rentrant de Longchamp, je m'accusais très-fort
D'avoir perdu Marcelle, et maudissais le sort
Qui me laissa le soin de signer la préface
De son roman d'amour. Avais-je vraiment tort
En déplorant un fait que nul remords n'efface ?

LII

Je pensais à Germain, à leur chaste amitié ;
Je fis *meâ culpâ*, considérant l'image
Dont le petit bossu lui fit jadis hommage.
Je décrochai le cadre et brisai sans pitié
Ce triste souvenir, déchirant avec rage
L'estampe sans valeur, juste par la moitié.

LIII

Mais au verso, je lus ces quelques mots : « Marcelle,
Je suis par trop difforme, et, dans ce monde-ci,
Je ne pouvais prétendre à la moindre parcelle
D'aucune joie humaine, et tu m'as donné celle
Que j'enviais le plus. Je meurs... adieu... merci !
Jusqu'au dernier soupir, tu l'as bien adouci ! »

LIV

Je pleurais en lisant, mais mon âme un peu fière
Se releva railleuse, et je dis, courroucé :
« Voilà donc le motif de sa longue prière ;
L'image était devant, mais la lettre derrière !
Son roman, c'était lui qui l'avait commencé ! »
Et sous un autre jour j'entrevis le Passé.

LV

Marcelle, oh ! le bon tour !... j'apprends son mariage
Avec un lord très-riche ayant trois fois son âge.
Ce nouvel accident me met de belle humeur ;
Je le note en riant au bas de cette page.
Avec mon manuscrit je cours chez l'imprimeur :
Paris, dans quelques mois, en aura la primeur.

LVI

Qu'en dira la critique ? — Ici je vois la pente
Où je pourrais glisser ; mais que les jeunes gens
Adoptent mon poëme est la chose importante :
C'est leur histoire à tous, ils seront indulgents.
Je crains bien, toutefois, que de certains régents
La sénile pudeur se montre mécontente :

LVII

Car ce que les vieillards usés, prudes, prudents,
Ne nous pardonnent pas, c'est l'éclair de jeunesse
Qui brille dans nos yeux, le soleil des vingt ans !
C'est d'avoir du biceps, des cheveux et des dents ;
Eux qui, pour digérer, boivent du lait d'ânesse,
Oppriment leurs cadets avec leur droit d'aînesse.

LVIII

Laissez-les dire, allez, soyez respectueux ;
Plus d'un, criant bien fort, au fond de son cœur sonde,
Et voit qu'il n'était pas plus que nous vertueux.
Devant les cheveux blancs, baissez-vous, tête blonde !
Le zéphyr caressant toujours fait rire l'onde.
Gardez-vous bien surtout d'être présomptueux.

LIX

Peut-être, dans vingt ans, les filles de Marcelle
Montreront leur bottine en passant sur les ponts,
Et nos fils seront pris à la même ficelle,
A leurs airs de candeur, aux plis de leurs jupons.
La femme, en coquetant, si bien nous ensorcelle !
Nous en serons fâchés, nous aussi, j'en réponds.

LX

L'enfant gaspillera quelques sous à sa mère ;
Peut-être sera-t-il, bien plus que nous, hardi ;
Mais, dans ses passions un beau jour refroidi,
A son tour deviendra bon époux et bon père.
De cette fin morale on est content, j'espère?...
Qu'on ne m'accuse plus d'agir en étourdi !

A PARIS

DES PRESSES DE D. JOUAUST

Imprimeur breveté

338, Rue Saint-Honoré.

PARIS — OCCVPA PORTVM — HONORÉ · S.
TIPOGRAPHIE · ARTISTIQVE
JOUAUST
ÉDITIONS
DE
BIBLIOPHILES

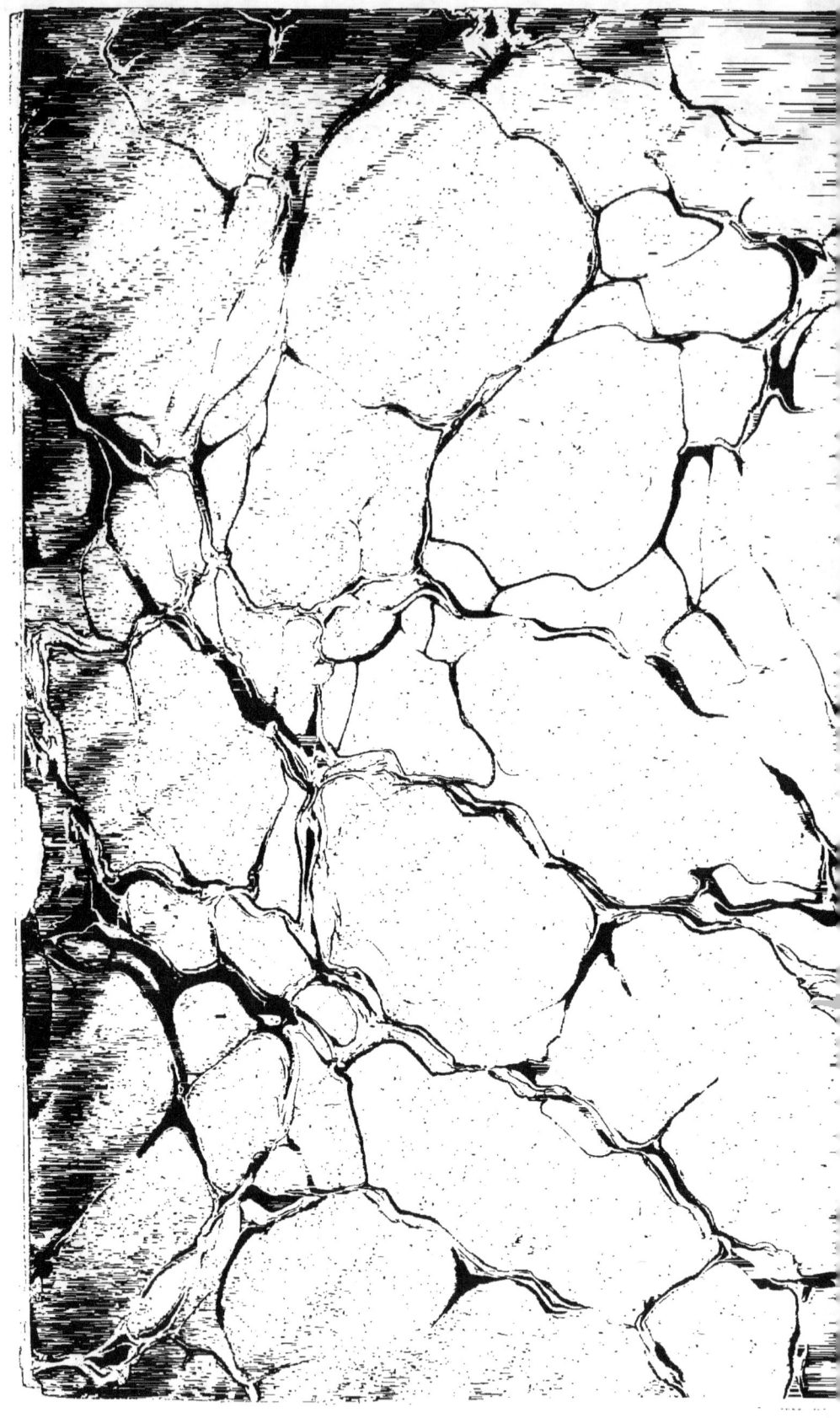

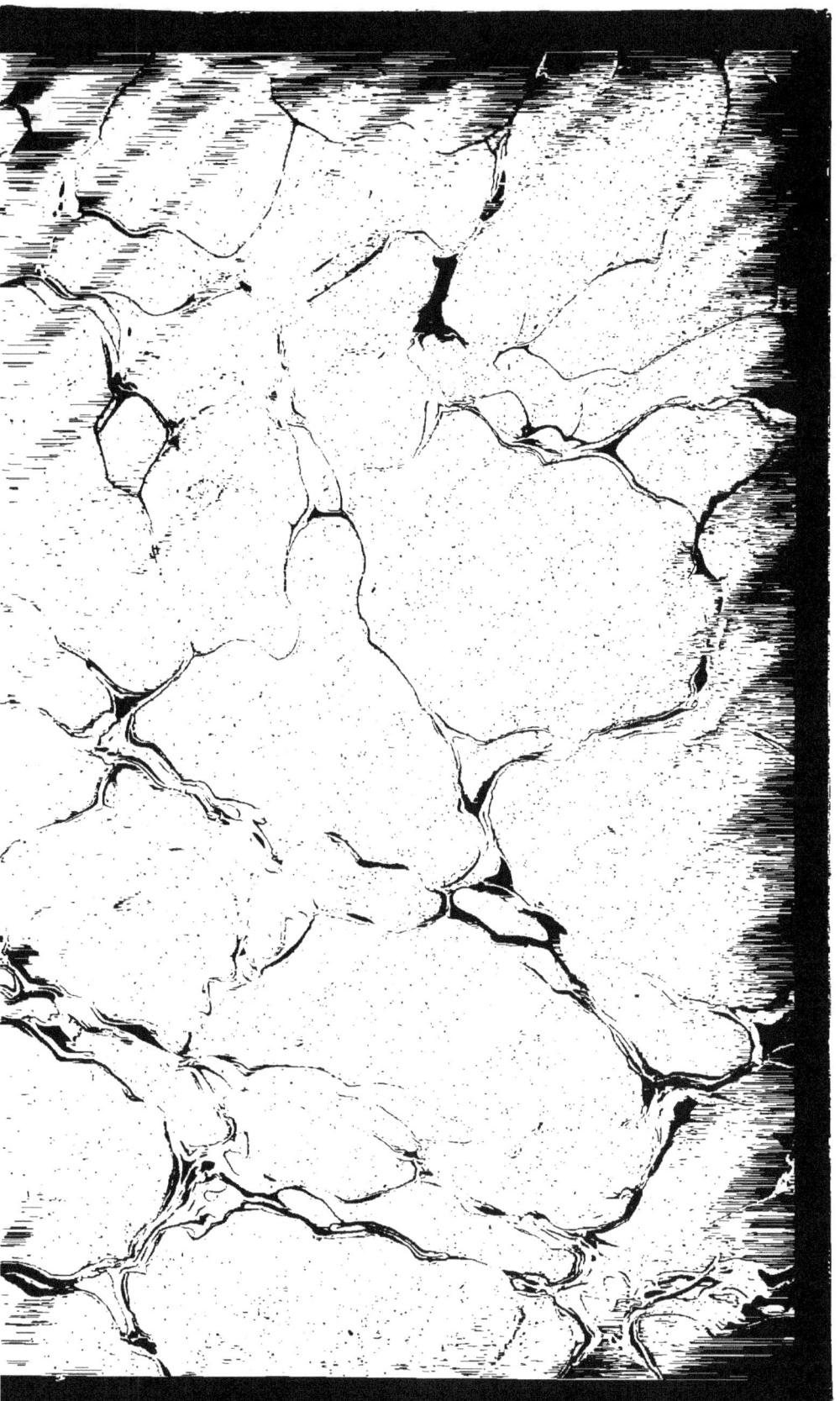

www.ingramcontent.com/pod-product-compliance
Lightning Source LLC
Chambersburg PA
CBHW060848250626
47162CB00005B/2187